CONTINENTAL

La Pradera

El arrecife de Baldomero

LA SIMA

La morena

Veneno

El veneno

Campamento del Ejército Cangrejil

La guarida de Baldomero

Veneno

LA LLANURA MARCHITA

P9-DDZ-810

LEYENDA

Perla y caracoles

Delfín

Rigoberto y soldados cangrejiles

Rigoberto, soldados cangrejiles y Delfín

N
NO
NE
O
E
SO
SE
S

Lejos del mundo del hombre, bajo la brisa y las olas,
Hay un país sumergido entre arena y caracolas,
Con castillos de coral y algas que se mecen ondulantes
Donde discurren, silenciosas, las corrientes dominantes . . .

EL SIGNO DEL CABALLITO DE MAR

**Un intenso episodio,
en dos actos,
de codicia y aventuras**

Graeme Base

Traducción de Juan Ramón Azaola

Para James

Harry N. Abrams, Inc., Publishers

REPARTO

PERLA TRUCHEZ, camarera del Café del Caballito de Mar.

DELFIN TRUCHEZ, hermano de Perla y miembro de la Banda de los Rapunkis.

EL SEÑOR TRUCHEZ, padre de Perla y propietario del Café del Caballito de Mar.

RIGOBERTO, un cabo del Ejército Cangrejil.

EL MERO BALDOMERO, ladrón, timador y villano.

UN PEZ ESPADA, lugarteniente de Baldomero.

EDU y TINO, los tiburones de Baldomero.

La BANDA DE LOS RAPUNKIS, una mezcla variopinta de diamantes en bruto.

Un CARACOL MARINO y su familia.

Una MORENA (especie de anguila).

El CORONEL del Ejército Cangrejil.

Otros SOLDADOS del Ejército Cangrejil.

LANGOSTA DE COMBATE 46903.

Un viejo y desdentado TIBURON TIGRE.

Tres PECES ANGEL.

KEVIN Y LOS KIPPERS, un popular conjunto musical de Arrecifeburgo.

Varios PECES de la elegante juventud arrecifeña y OTROS HABITANTES del lugar.

EXTRAÑAS Y HORRIPILANTES CRIATURAS de la sima abisal.

CABALLITOS DE MAR.

Y dos GAMBAS que pasan bastante inadvertidas.

PRELUDIO
La Desaparición de los Caballitos de Mar

En el que el Viejo Arrecife es alcanzado por una marea venenosa y los caballitos de mar desaparecen misteriosamente.

Gráciles pasaban, sobre el arrecife, los caballitos.
Parecían, al trasluz, joyas de colores exquisitos.
Con elegantes piruetas, o navegando agrupados,
componían un ballet de danzarines alados.

Bajo la marina bóveda de cambiante colorido,
desde el límpido turquesa al más neto azul marino,
suben y bajan los caballitos, en su baile siempre ágil
cual callada sinfonía en el océano inmenso y frágil.

Pero el mar se oscureció un día, cambió el tono del coral,
perdieron las algas su brillo y allí nada fue ya igual.
Las corrientes se impregnaron de un tóxico poderoso
y los caballitos se extingúieron de modo misterioso.

ACTO I

Escena I
El Café del Caballito de Mar

En la que Perla, nuestra heroína, se enamora del cabo Rigoberto, y el malvado Baldomero hace una desagradable visita al Café del Caballito de Mar.

Era el café donde los jóvenes solían reunirse,
no había en toda la ciudad local mejor para lucirse.
¡Qué gran ambiente el del "Caballito", siempre a la moda!
Donde se bailaba la música mejor la noche toda.

Estaba el café situado sobre una loma que evitaba
que le alcanzara aquel veneno que todo lo impregnaba.
La música era excelente, el lugar muy confortable,
y los peces se entregaban a cualquier ritmo bailable.

Era el dueño el señor Trúchez, serio y honrado profesional.
Tenía una hija muy bella, y un hijo de aspecto especial.
Ella ejercía de camarera, siempre servicial y amable,
él se había unido a los Rapunkis, un grupo un tanto notable.

Con su peinado espinoso y sus labios con anillos,
Delfín Trúchez no era más que un inocente chiquillo.
Por su aspecto, los Rapunkis daban un miedo tremendo
pero a ellos les bastaba con exhibir sus atuendos.

Perla Trúchez solía con la tropa de cangrejos flirtear
hasta que sus ojos con Rigoberto se fueron a encontrar.
Aquel bigotazo, aquellas ocho botas y aquel guante
consiguieron que Perla se prendara del cabo al instante.

La noche en que el amor unió al militar y a la camarera,
cuando ambos se miraron a los ojos, y de qué manera…
se oyó un golpe, luego un grito y por la puerta de entrada
apareció Baldomero, con su criminal brigada.

Baldomero era, por cierto, un mero grande y abyecto
de insaciables apetitos que delataba su aspecto.
Ropa a medida y a juego; un vestuario ostentoso
proporcionaba trabajo al sastre de aquel mafioso.

A su lado, un pez espada de mirada torva y fiera.
Detrás, una compañía que tener nadie quisiera:
sus guardaespaldas, una pareja de necios tiburones
lucían zapatos de punta y ajustados pantalones.

Era suyo un garito cercano, que se estaba arruinando,
donde sus secuaces fabricaban caviar de contrabando.
Se había enriquecido con la reciente depresión,
y en su local se pagaba antes de cada consumición.

"¡Eh, punkis, se los aviso!", se oyó a Baldomero bramar,
"¡Váyanse de este café, o no volverán a nadar!
El único local donde habrá baileteo será mi bar.
Como vuelvan por aquí otra vez no lo podrán ni contar".

Sus matones, entrenados, rodearon a los clientes
impidiéndoles, incluso, una protesta entre dientes.
Después, tras pegar a un caracol de talla insignificante
la banda se replegó; por esa noche ya era bastante.

Escena II
En el Barco Hundido

En la que los Rapunkis se encuentran cara a cara con los tiburones de Baldomero, llegan las tropas del Ejército Cangrejil en el momento oportuno y el cabo Rigoberto escribe una nota a su adorada Perla.

Los Rapunkis se divertían jugando en el barco hundido.
Cuando el aparejo de cubierta habían ya destruido,
Edu y Tino, los tiburones, pasaron de modo casual.
Y la banda vio, para atacarles, una ocasión sin igual.

Delfín Trúchez, furibundo, contra Edu se dirigió:
"Estúpidos y canallas, sólo son eso", así le habló,
"Demostraron gran valor pegando a un caracol indefenso,
dejarles la cara marcada nos dará un placer inmenso."

Una siniestra sonrisa adornó las fauces de los escualos,
sus dientes aparecieron: pronto iba a pasar algo malo.
Entonces se oyeron pasos acercarse con buen ritmo:
unos cangrejos venían desfilando por allí mismo.

Rodearon a los Rapunkis, procediendo a su detención,
mientras Edu y Tino se alejaron del lugar con discreción.
El área fue acordonada, cada soldado en su posición,
y los cangrejos tuvieron así controlada la situación.

"Malditos maleantes", dijo el Coronel de los Cangrejos
con ojos severos (que de la cabeza tenía lejos).
"Debería detenerles. Y lo haré en la próxima ocasión.
Vamos, fuera todos de aquí antes de que cambie de opinión."

Con lentitud calculada y algún soez comentario
los arrogantes Rapunkis abandonaron el escenario.
Edu y Tino se habían largado en el momento oportuno.
¡Puede que fueran malvados, mas tontos en modo alguno!

Una vez que toda la pandilla el lugar hubo dejado
el Coronel exclamó: "Atentos, un mensaje ha llegado.
Hay una plaga venenosa que al coral está matando,
tenemos que hallar el lugar por donde eso está brotando."

La tropa estaba alertada y dispuesta a cumplir la misión,
pero el cabo Rigoberto oyó estas noticias con aprensión.
El alma se le partía, llena de inquietud y desazón.
Quizá no vería más a Perla, la dueña de su corazón.

El Coronel dio una orden, y la tropa entró en movimiento.
Rigoberto se quedó algo atrás, luchando con su tormento.
A Perla quería ver de nuevo, antes de tener que irse,
y decirle lo que todos los amantes suelen decirse.

Fue entonces cuando escuchó un seco crujido en un matorral,
y de unas algas surgió una melena muy poco natural.
"Rigoberto, soy yo, me verás si te agachas un poquito."
"¡Delfín, exclamó Rigoberto, eres justo a quien necesito!

El Ejército Cangrejil partirá dentro de una hora,
¿Podrías darle una nota a la que mi corazón adora?
A Perla di que en ella pensaré cada día como ahora."
Y Delfín prometió al cabo cumplir con su encargo sin demora.

Cuando el cabo se fue, los Rapunkis hicieron su aparición
y, una vez reunidos, tomaron la siguiente decisión:
"Daremos un escarmiento a esos escualos brutales."
Un plan quedó trazado para sorprender a sus rivales.

Escena III
Otra vez en el Café del Caballito de Mar

En la que Baldomero adquiere el Café de manera muy poco
escrupulosa, y Perla entrega a Delfín un mensaje antes de
emprender un largo viaje hacia lo desconocido.

En el Café volvía a reinar la tensión en el ambiente.
El pez espada, tras su jefe, tenía un aire insolente.
Baldomero, sentado ante Trúchez, tras comer algo de caviar
se inclinó sobre la mesa y con voz áspera comenzó a hablar:

"Además de otras virtudes con que se adorna mi persona
presumo de tener paciencia, es algo que me emociona.
Sin embargo, la paciencia suele durar sólo un rato
así que antes de que cuente tres firmarás este contrato."

Dicho esto, tendió una pluma a su asustado anfitrión,
quien, suspirando, firmó el contrato: no tenía más opción.
De este modo Baldomero pasó a ser, por un precio absurdo,
el dueño legal del mejor café de Arrecifeburgo.

Antes de salir, Baldomero hacia Trúchez se dio la vuelta,
"Supongo que has reparado en los gastos que son por tu cuenta:
impuestos, costes legales y otras minucias que amortizar
están en la letra chica del papel que acabas de firmar."

Del mero la carcajada aún resonaba en la habitación,
lo que vino a acentuar el clima general de depresión,
cuando apareció Delfín, portador de la nota para Perla.
Sin prestar al estilo atención, ella no tardó en leerla.

"Mi amada Perla, tengo que partir con mi deber cumpliendo.
Salgo hacia lugares ignotos, hacia peligros horrendos,
pero de todo mal me veré protegido, ten por cierto,
mientras tú sigas amándome. Firmado: tu Rigoberto."

"¡Ay, Delfín, qué voy a hacer!", dijo la pobre Perla, llorosa,
"También habremos de irnos pronto hacia la Sima tenebrosa."
Y le explicó a Delfín el destino del negocio familiar:
otro garito del mero con hampones y gente similar.

Las noticias fueron muy duras de escuchar para el hermano
¡El lindo café familiar en propiedad de aquél villano!
"Perla, no me iré contigo, no. Ya lo tengo decidido.
Me quedaré para dar a ese criminal su merecido."

A partir se disponía cuando su hermana lo requirió:
"Te voy a pedir el mismo favor que el cabo te pidió,
lleva esta nota a Rigoberto, y así podrá averiguar
mi ruta, marcada por signos de un caballito de mar."

Cuando Delfín se hubo ido, y Perla empezó a empaquetar,
pasó por allí un caracol, cargado hasta reventar,
seguido por mujer e hijos, que sumaban dos docenas.
Y, mientras iba pasando, del padre se oyeron las penas:

"El lugar donde crecimos al desastre se encamina.
Para colmo hay un veneno que al arrecife contamina.
Si los escualos pegan a un caracol sin que pase nada
la situación, claramente, está muy deteriorada."

Perla observaba al molusco bajo la luz mortecina.
Sus lamentos le pusieron con la carne de gallina
"También yo, le dijo, tengo una ruta ignota que cubrir.
Díganme a dónde se dirigen, quizá les pueda seguir."

El le habló de un anuncio publicado en *El Bogavante*
sobre parcelas en venta en un arrecife distante.
"¡Gran calidad al mejor precio en el coral más cotizado!"
Así que se compró una, pagando por adelantado.

La idea de un coral tal, y de lustrosas algas ondulantes
hicieron que Perla y su padre se unieran a los viajantes.
Apagaron las luces, dejaron la puerta bien cerrada
y partieron hacia el sitio del que apenas sabían nada.

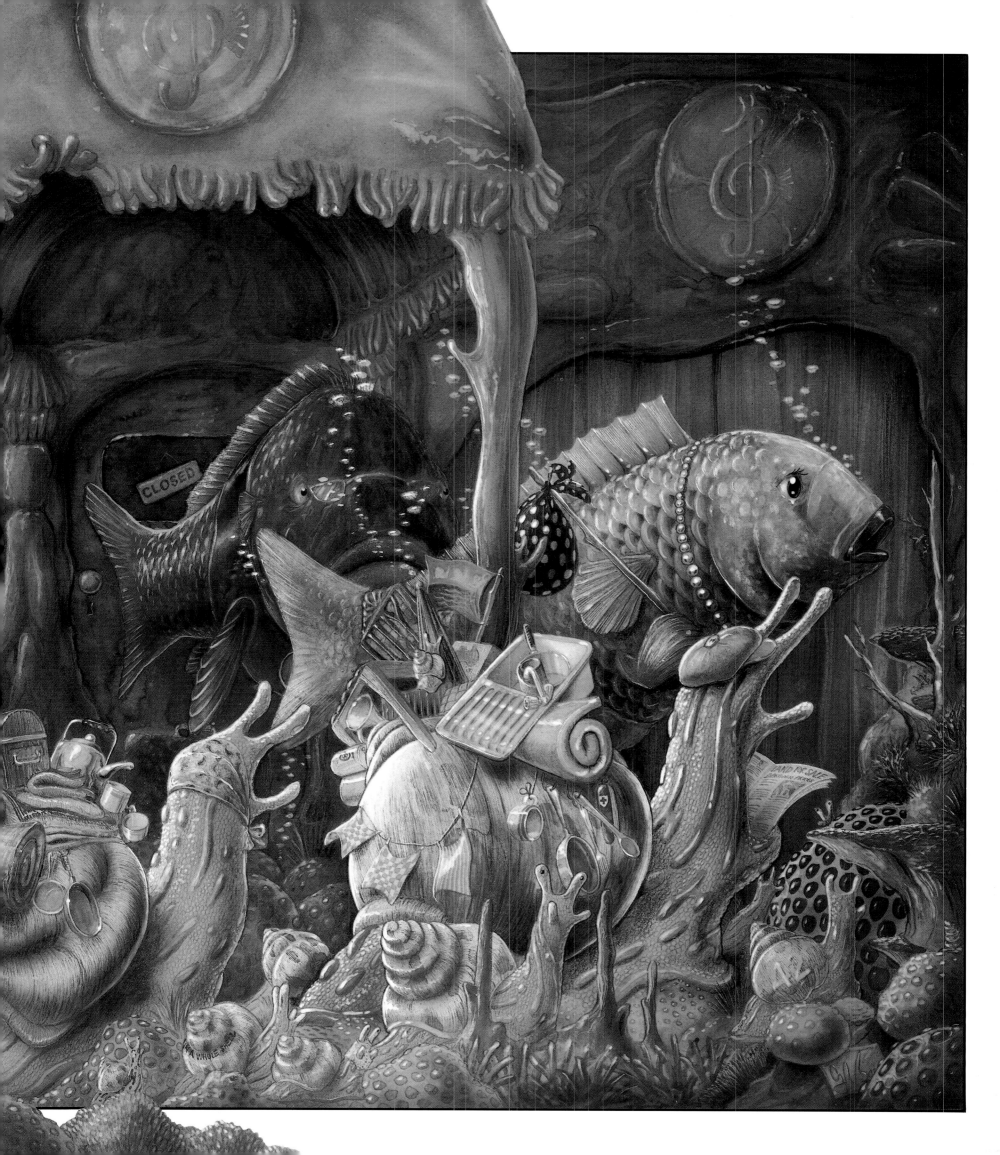

Escena IV
La guarida de Baldomero

*En la que los Rapunkis conocen el malvado plan de Baldomero para
destruir el Viejo Arrecife, pero su visita no se desarrolla conforme a
lo previsto.*

La guarida de Baldomero se encontraba en el suburbio,
las algas allí eran maleza teñida de un color turbio.
Bajo pilas de chatarra y automóviles difuntos,
Baldomero controlaba sus tenebrosos asuntos.

Un desdentado tiburón tigre ejercía de portero,
aunque pasaba roncando, aburrido, el día entero.
La vigilancia, indolente, dormía sus pesadillas
mientras los siete Rapunkis deslizábanse a hurtadillas.

La pandilla se puso a observar, oculta y bien atenta,
la escena interior, que alumbraba una luz amarillenta.
Obras de arte robadas decoraban la habitación
dejando clara cuál era de aquellos peces la profesión.

Grabada el pez espada sus iniciales en una silla,
y Tino y Edu se daban brillantina en la coronilla.
Tres peces ángel cantaban "a capella" al lado del bar
en tanto que Baldomero daba buena cuenta del caviar.

Tras golpear la mesa con su bastón de brillantes,
tomó la palabra el mero, engreído y arrogante.
"Celebramos esta noche lo que hoy hemos realizado,
una victoriosa trampa, propia de un mero avispado.

En ese café tan fino el baileteo se va a acabar.
No tardaré en convertirlo en la tasca más vulgar.
Nada de luces ni de música, eso ya se terminó.
No volverán a disfrutarlas: así lo proyecté yo.

He comprado el "Caballito" para asistir a su ocaso.
Pronto quedará vacío, de baile no se oirá un paso.
Es parte de un plan astuto, con el cual yo, poco menos
que amasaré una fortuna: compraventa de terrenos.

Pues me compré un arrecife, y puse muchos anuncios
para venderlo más tarde, mediante algún truco sucio.
Entonces llegó de arriba la sustancia venenosa:
doce barriles se hundieron una noche tormentosa.

Rodaron hasta mi arrecife, alterando su frescura.
Me pareció un duro golpe caído de las alturas,
pero a calcular me puse, hasta que di con el modo
del traspiés sacar provecho. Y es que hay que pensar en todo.

Encargué por lo tanto a mis muchachos una secreta misión
(por repartir la carga entre todos, no era otra mi intención).
Y, como por un libre escape, se extendió el veneno fatal
(así fue como Edu se chamuscó la aleta dorsal).

Con lo que este arrecife también se ha empezado a estropear
y aquí todo el mundo sabe que pronto se habrá de mudar.
Buscan un lugar donde instalarse antes de que sea peor,
así que les vendo *mi* arrecife ¡al doble de su valor!

En la venta de terrenos es condición fundamental
saber emplear con acierto un lenguaje comercial
como "*Junto a los comercios*" o "*En el coral más cotizado*".
Frases con fuerza, que atrapan, que uno no deja de lado.

Un par de aquellas parcelas se han quedado sin adquirir,
mis beneficios han caído y no lo puedo consentir.
Pero esa clientela asidua del "Caballito de Mar"
pronto estará necesitando un local donde bailar.

Y, respecto del veneno, dejará de brotar algún día,
bastará que vaya Edu y cierre la llave con energía.
Esperaré después a que el coral su vida recobre
¡para venderles otra vez el Viejo Arrecife por el doble!

Los Rapunkis daban apenas crédito a sus oídos.
Baldomero era sin duda el mayor de los bandidos.
Su proyecto comercial era un fraude desalmado
y el negocio más maligno que un pez haya imaginado.

Saltaron por las ventanas, abiertas o sin cristales,
para dar una lección a aquel grupo de criminales.
Los peces ángel, asustados, nadaron sin dirección
y el cobarde Baldomero se ocultó debajo del sillón.

A los Rapunkis la ventaja apenas valió de nada.
Vencidos los tiburones, aún quedaba el pez espada,
que pudo agarrar a Delfín tras largarle una estocada.
Sólo le soltaría después de una rendición pactada.

La batalla estaba perdida para el equipo asaltante,
mas vio la ocasión Delfín de escapar de su vigilante.
Con un mordisco en la aleta del pez espada se liberó,
esquivó a los tiburones y por la puerta desapareció.

FIN DEL ACTO I

ACTO II

Escena I
La Sima

En la que Perla y sus acompañantes viajan a través de las profundidades del océano y consiguen engañar a una hambrienta morena.

Los caracoles, Perla y el señor Trúchez ya estaban lejos,
en aguas que no conocían ni sus paisanos más viejos.
Les rodeaban lóbregas rocas y riscos tremebundos,
les cubrían las sombras de un barranco oscuro y profundo.

Los esforzados viajeros avanzaban Sima adelante,
junto a anémonas oscuras y animales vigilantes.
Y, a medida que viajaban por aquel valle abisal,
Perla iba grabando caballitos: de su ruta la señal.

Rocas desprendidas hacían el camino intransitable.
Seguir otro sendero sería lo más aconsejable.
Perla quiso grabar allí mismo una señal bien patente,
cuando la piedra en la que estaba cobró vida de repente.

Y se tornó en una figura que se elevó sinuosa
que, de no ser por sus dientes, parecía una babosa.
Perla soltó su navajita y retrocedió intranquila:
tenía delante a una inmensa morena (un tipo de anguila).

"Querida, dijo ésta, deberías tener más cuidado,
pues casi destrozas mi costoso vestido satinado,
que, por su elegancia, es mi prenda favorita de vestir.
Creo que tendré que comerte para que no vuelva a ocurrir."

Dedicó a Perla una sonrisa y una mirada golosa,
pero Perla, ya repuesta, tuvo una idea mentirosa.
"¡Qué bien!" exclamó en voz alta, "vendrá a cenar una morena.
También mi amiga, la ballena asesina, estará en la cena."

"¿Ballena asesina?", dijo la morena, "No digas cosas…
detesto a los pececillos que cuentan mentiras piadosas."
Mas de pronto se oyó un potente rugido amenazador,
como si una ballena de esas nadara a su alrededor.

La morena cambió del todo su estilo por el susto.
De "soy el terror de la Sima" a "le atenderé con mucho gusto"
"Quizá pueda ayudarla, señorita, ya que soy de aquí.
Si acepta mi guía, sus deseos son órdenes para mí."

(No había sido de ballena alguna aquel gran rugido,
sino que el pequeño caracol así lo había emitido:
soplando muy fuerte por un gigantesco caparazón
logró provocar en la morena semejante sugestión.)

Como temía, ciertamente, por su vida la morena
y deseaba ganarse la amistad de la ballena,
se ofreció a explicar a la dulce Perla con gran detalle
todos los peligros y vericuetos que había en el valle.

Le contó también los efectos de una plaga reciente
que de las algas apenas dejó alguna superviviente.
"Llegó de allá arriba", y señaló hacia adelante:
¡Justo el camino que iba a seguir el grupo viajante!

"Si buscais un paraíso, dirigíos hacia poniente,
pues allí hay un arrecife mucho más que suficiente.
Por esta Sima sólo llegareis a un mundo desolado.
Escalad esas montañas: lo que buscais está al otro lado.

Perla dio las gracias a la morena y de ella se despidió,
y con la "falsa ballena" y sus familiares se reunió.
Después, siguiendo lo dicho por la morena con atención,
se pusieron en camino y comenzó la dura ascensión.

Escena II
El Origen del Veneno

*En la que los soldados del Ejército Cangrejil alcanzan el objeto de su
búsqueda, Rigoberto hace un descubrimiento sorprendente y Delfín
revela las pérfidas intenciones de Baldomero.*

La noche en la que Perla inició la penosa escalada
su fiel Rigoberto despertó de forma sobresaltada.
Como creyó oír que un grito llegaba a través del mar,
se calzó sus ocho botas y salió fuera a investigar.

Los cangrejos acampaban en un paraje fantasmal
lleno de bultos grasientos, otrora formaciones de coral.
Habían marchado varios días por la misma porquería
y creían estar ya cerca de donde aquello venía.

Rigoberto escrutó el turbio paisaje y puso mucha atención.
Volvió a escuchar otro grito, que puso a cien su corazón.
Venía de algún lugar cercano a donde él estaba,
así que fue a averiguar, como su honor le obligaba.

Una elevación rocosa le hizo trepar presuroso
por aceitosos regueros y charcas de lodo baboso.
Superó la elevación y se le escapó un grito ahogado,
pues para ver lo que veía no se hallaba preparado.

Una docena de enormes barriles desparramados,
como escombros en la negra arena almacenados.
Y del barril que estaba sobre aquel montón asqueroso,
vio cómo brotaba un reguero graso y apestoso.

Rigoberto con horror observaba manar la sustancia
que desde allí se había extendido a millas de distancia.
Una figura yacía sobre las rocas: aquel peinado…
"¡Es Delfín!", exclamó el cabo, ciertamente impresionado.

Se abrió paso entre el cieno hasta el joven desfalleciente,
quien, con un gesto, le señaló el barril pestilente
del que una llave goteante originaba la polución.
Y al instante Rigoberto supo cuál era la solución.

Giró la llave para cerrar, más siguió saliendo lo mismo:
el tóxico había causado la corrosión del mecanismo.
Entonces alzó el cabo una de sus poderosas tenazas,
estrujó la llave y el barril dejó de ser una amenaza.

El resto del regimiento, por Rigoberto alertado,
fue en ayuda de Delfín, seriamente intoxicado.
Quien contó, sin voz apenas, del mero el proyecto criminal
y su intento de cortar el vertido del líquido mortal.

"Mis amigos están presos de los matones de Baldomero,
mas yo pude escapar y busqué de ustedes el paradero.
Llegué como pude hasta aquí, pero no me fue posible…"
Su relato quedó interrumpido por una tos horrible.

El jefe de la tropa comenzó a dar órdenes sin parar:
"Desmonten las tiendas, prepárenlo todo para regresar.
Aunque su acción esté aquí, el enemigo está en otro lado,
no dejen roca por registrar hasta tener al mero atrapado."

Escena III
El Descubrimiento del Paraíso

*En la que Perla y sus compañeros de viaje llegan al final de su
ascensión y hacen un maravilloso descubrimiento.*

Cuarenta terribles días con sus noches espantosas
duró la ascensión del grupo por alturas vertiginosas.
Entre torbellinos de plancton, cual nieve fosforescente,
los caracoles avanzaban muy lenta y penosamente.

Llegaron a una pradera de muy raros vegetales
donde se agitaban grupos de algas descomunales.
Pararon allí tan sólo un día, pues tenían que seguir,
pero Perla grabó en el lugar un signo antes de partir.

Llegó por fin el día en que pasaron la última altura
y pudieron, hacia el oeste, divisar una llanura:
habían alcanzado la gran Plataforma Continental;
les pareció el Paraíso, nunca habían visto nada igual.

Las aguas, bajo la luz matinal, estaban deslumbrantes.
Telón de fondo grandioso de un panorama emocionante,
pues allí, tras un velo de rayos de sol, bajo la espuma,
brillaba un inmenso arrecife de coral entre la bruma.

Parecía, en tanto, como si aquel mar subiera y bajara,
e incontables joyas diminutas en sus aguas bailaran.
Perla lloró de alegría: terminaba su peregrinar
y un millón de caballitos les guiaban a su nuevo hogar.

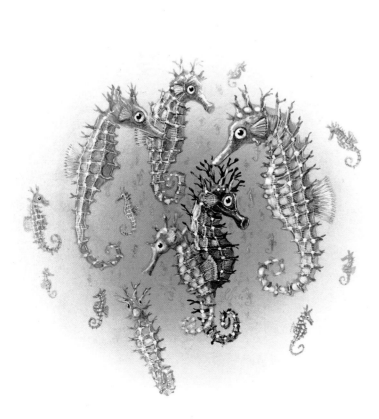

Escena IV
El Fin de Baldomero

En la que los Rapunkis son rescatados, el mero es derrotado y Delfín recuerda algo de gran importancia.

Junto a la guarida del mero, en un cuchitril maloliente,
estaban encerrados los Rapunkis, tristes e impacientes.
Transcurrida ya una semana, sin señal alguna de ayuda,
la moral del grupo pasaba por una prueba peliaguda.

Mas de pronto sacudió la puerta una fuerza poderosa
y, entre maderas rotas, asomó una pinza asombrosa
que antes de desaparecer redujo la puerta a virutas.
Los Rapunkis enmudecieron ante maneras tan brutas.

A la Langosta de Combate (46903) pertenecía,
el buque insignia del Cuerpo Crustáceo de Caballería.
Por fin llegaba el Ejército, y el ataque lo guiaba
el añorado Delfín ¡que a la propia Langosta cabalgaba!

Los cautivos dieron hurras y saltaron alborozados,
algo que no es nada fácil, ya que estaban amarrados.
Cuando Delfín les soltó, oyeron un aullido familiar:
sus guardianes, alertados, acudían a controlar.

Paró el ataque la Langosta, que alzó su pinza gigante
y atizó a Tino en la mandíbula un directo impresionante.
Los escualos se replegaron, los peces les persiguieron
pero, a su vez, los Rapunkis también en apuros se vieron.

Que un tiburón acosado es un peligro lo sabe hasta un pez,
y presentía Delfín que acabarían mal esta vez.
Pero llegaron los Cangrejos y se salvó la situación,
pues redujeron a Edu y Tino, procediendo a su detención.

El arresto de estas fieras se hizo de acuerdo con el manual:
Operación Rutinaria, nada fuera de lo normal.
Mas la captura del pez espada y de su infame patrón
no iba a resultar tan fácil, sino una seria complicación.

"¡Salgan, aletas en alto!", gritó el jefe del destacamento.
"Les hemos rodeado y sabemos que están los dos dentro."
Tras hablar el Coronel, en el interior no se oyó nada.
¿Se habrían podido fugar Baldomero y el pez espada?

De pronto el pez espada atacó a los cangrejos con fiereza
demostrando que sabía manejar su arma con destreza.
Así derribó al Coronel, que se quedó hecho un ovillo,
y, cuando lo vio en el suelo, le mordió con saña un tobillo.

Delfín cabalgó hacia el combate llevando una langosta,
la levantó cuanto pudo y, al grito de "¡Bombas fuera!",
sobre el pez espada arrojó aquel curioso artefacto
consiguiendo, con acierto, dejarlo atrapado en el acto.

Baldomero observó la escena y vio llegado el momento
de largarse con la plata en un desesperado intento.
Tomó un saco de perlas y logró encontrar una salida
pero, fuera, el cabo Rigoberto le daba la bienvenida.

Agarró al mero fugitivo con sus pinzas de pedernal
y le mantuvo alzado en vilo entre el aplauso general.
Así cayó el rufián Baldomero ¡qué gran y ejemplar lección!
Sin la menor dignidad y víctima de su ambición.

Del reino del mero era el fin, pero quedaba su legado:
un estéril territorio, un paisaje sucio y desolado.
La justicia impondría a los villanos su merecido
pero ¿qué iban a hacer ellos en su arrecife fenecido?

¡Entonces Delfín recordó la nota de Perla a su amado!
Entre tantas aventuras había su entrega olvidado.
La sacó de su bolsillo, arrugada, hecha papilla,
y la entregó a Rigoberto, que leyó raudo la cuartilla.

"Mi querido Rigoberto, te escribo con alma apenada
pues serán muchos los días que de ti estaré alejada.
Mas del viaje cada paso un signo dejaré marcado
para que puedas seguirlo y estés algún día a mi lado."

Y fue así como supieron que una pista encontrarían
siguiendo de Perla los signos, sin saber lo que hallarían.
Hallaron la Tierra Prometida en el punto de destino,
pero nada volvió a crecer en su arrecife coralino.

FIN DEL ACTO SEGUNDO

El Nuevo Café del Caballito de Mar

En el que se abre el nuevo Café del Caballito de Mar y conocemos el destino de Baldomero y sus compañeros de fechorías.

Qué gran aspecto el del Capitán: casaca roja, blanco guante
y, colgando de su pecho, una medalla de oro brillante
con la inscripción "Al Valor", que él miraba satisfecho.
Compuso el gesto, tomó aire y entró al local muy derecho…

El Café estaba de peces a rebosar, luciendo sus galas mejores,
una marea de moda con todos sus adornos y colores.
Rigoberto se detuvo hasta encontrar de su Perla la mirada.
Ella le sonrió mientras servía una piña colada.

Entonces le llamó Delfín: "Acércate y toma asiento,
que todos queremos brindar por nuestro héroe Rigoberto."
El aplauso de la banda puso al Capitán muy colorado.
"Sólo cumplí con mi deber", el militar dijo azorado.

Delfín lucía también una medalla muy apreciada
que pendía con orgullo de su nariz bien vendada.
"Como Reconocimiento al Mérito de una Trucha Herida",
esa era la inscripción de la recompensa recibida.

Tenía el flamante Café una semana de existencia
pero había ya logrado una máxima afluencia.
La pista, con tecno-láser, estaba repleta de marchosos
mientras Kevin y los Kippers tocaban ritmos contagiosos.

Un grupo de peces ángel llevaba el acompañamiento
con eficaz armonía, lograda en todo momento.
Su arte se había pulido tras dejar a Baldomero
y ahora llenaban la sala, su gancho era verdadero.

Allí estaban los tiburones, dispuestos a reformarse
pero, para conseguirlo, los dos tuvieron que adaptarse.
Se encargaban por las noches de las tareas de bajo vuelo:
recogían los vasos sucios y sacaban brillo al suelo.

El pez espada, su ex-jefe, llevaba un progreso imparable
utilizando su arma con una habilidad notable.
De patatas pelaba más de ocho sacos a la semana,
debido a que practicaba por la tarde y por la mañana.

En cuanto a Baldomero, vivía el villano su ruina
con un destino fijo en el fregadero de la cocina.
Aprendió allí dos proverbios, mientras cien mil platos fregaba:
"La avaricia rompe el saco" y "Quien mal anda mal acaba."

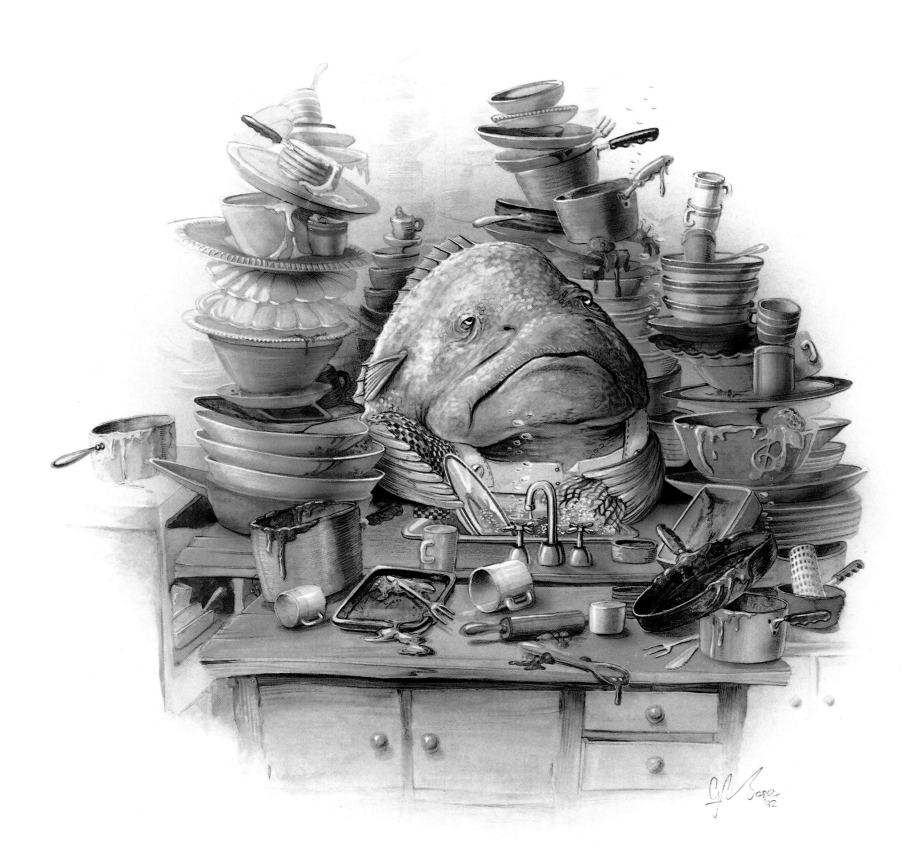

FIN

El Signo del Caballito de Mar se publicó originalmente en inglés con el título *The Sign of the Seahorse*

Publicado originalmente en 1992 por Penguin Books Australia Ltd.

Library of Congress Catalog Card Number: 94–76842
ISBN 0–8109–4458–8

Publicado por vez primera en los Estados Unidos de América en 1992 en inglés por Harry N. Abrams, Inc., Nueva York

Publicado en 1994 por Harry N. Abrams, Incorporated, Nueva York
Una compañía del grupo Times Mirror

Impreso y encuadernado en Hong Kong

EL
NUEVO ARRECIFE

GRAN PLATAFORMA

MONTAÑAS
DE
LA
SIMA

EL VIEJO ARRECIFE

Cuartel
del
Ejército

Garito
de Baldomero

El Café
del Caballito
de Mar

ARRECIFEBURGO

El barco
hundido